POUCE !

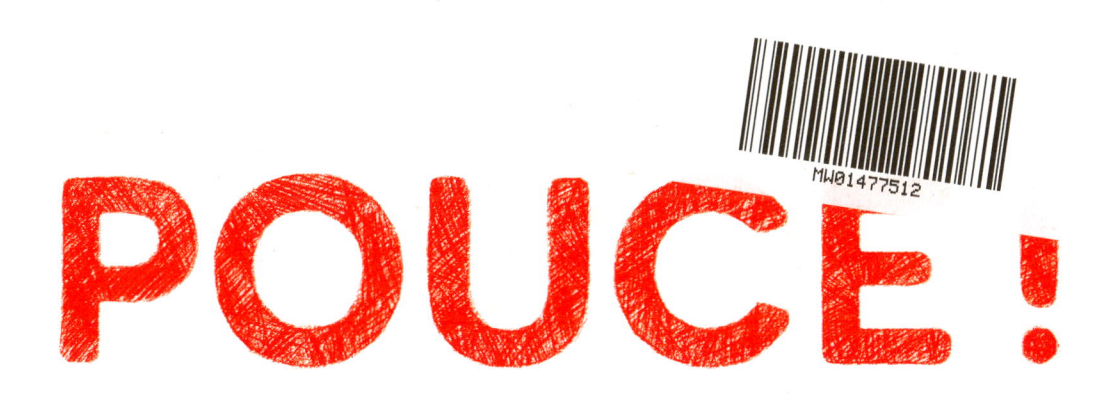

Texte d'Alice
BRIÈRE-HAQUET

Illustrations
d'Amélie GRAUX

Pour Anne et Charlotte de la part d'Emily,
à nos fous rires créatifs !
A. G.

Père Castor ■ Flammarion

www.editions.flammarion.com
© Flammarion, 2013
Éditions Flammarion – 87, quai Panhard-et-Levassor – 75647 Paris Cedex 13
ISBN : 978-2-0812-8688-7 – N° d'édition : L.01EJDN000910.N001
Dépôt légal : août 2013
Imprimé en France par Pollina S.A. en juillet 2013 - L63875
Loi n° 49-956 du 16 juillet 1949 sur les publications destinées à la jeunesse

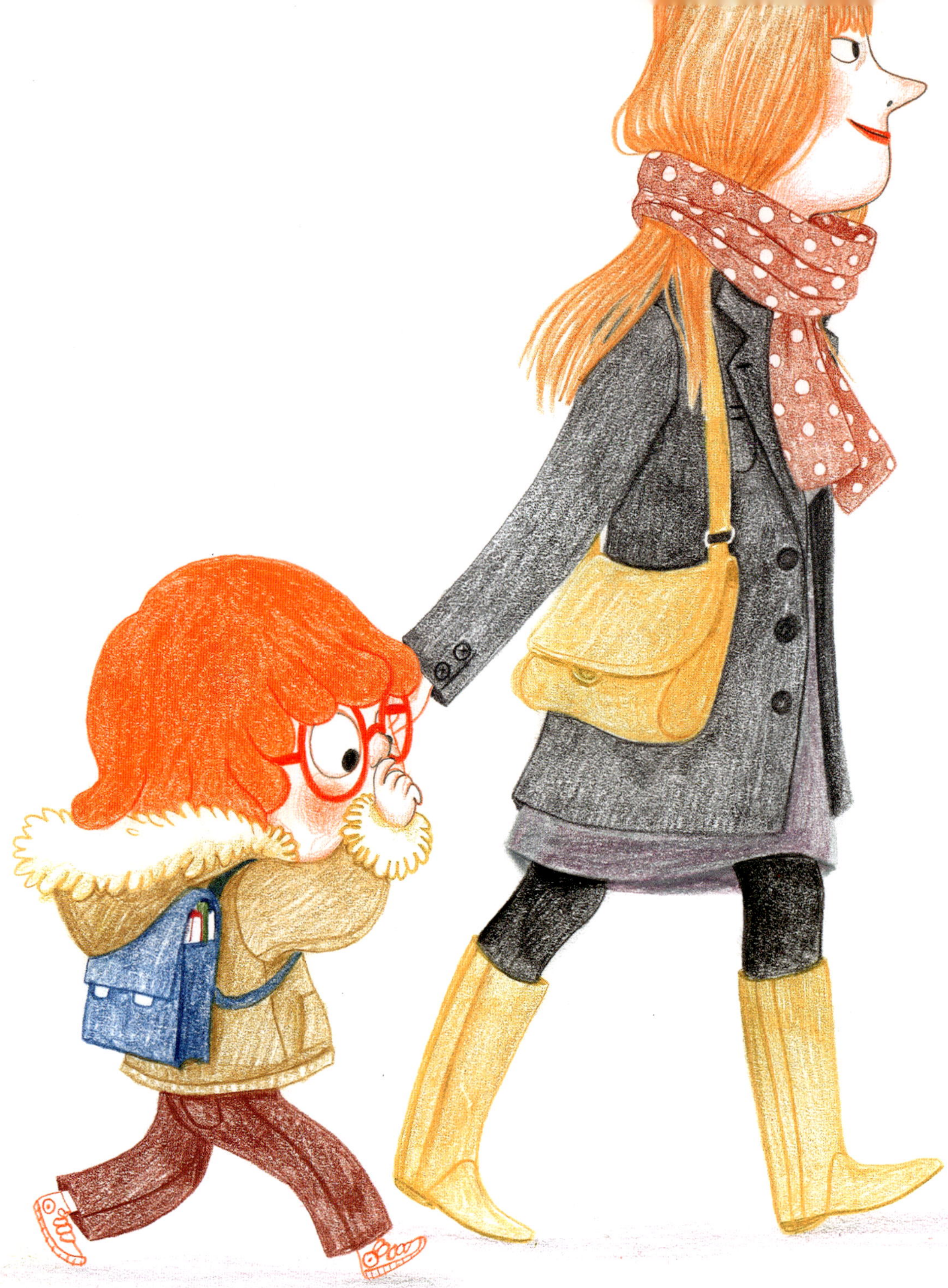

Moi, mon **pouce**,
c'est mon doudou.

Il me suit partout
depuis toujours.

Il a un peu peur des gens,
alors la plupart du temps,
il reste au chaud sur ma langue,
bien caché derrière mes dents.

Mais aujourd'hui voilà
qu'il a des idées bizarres...

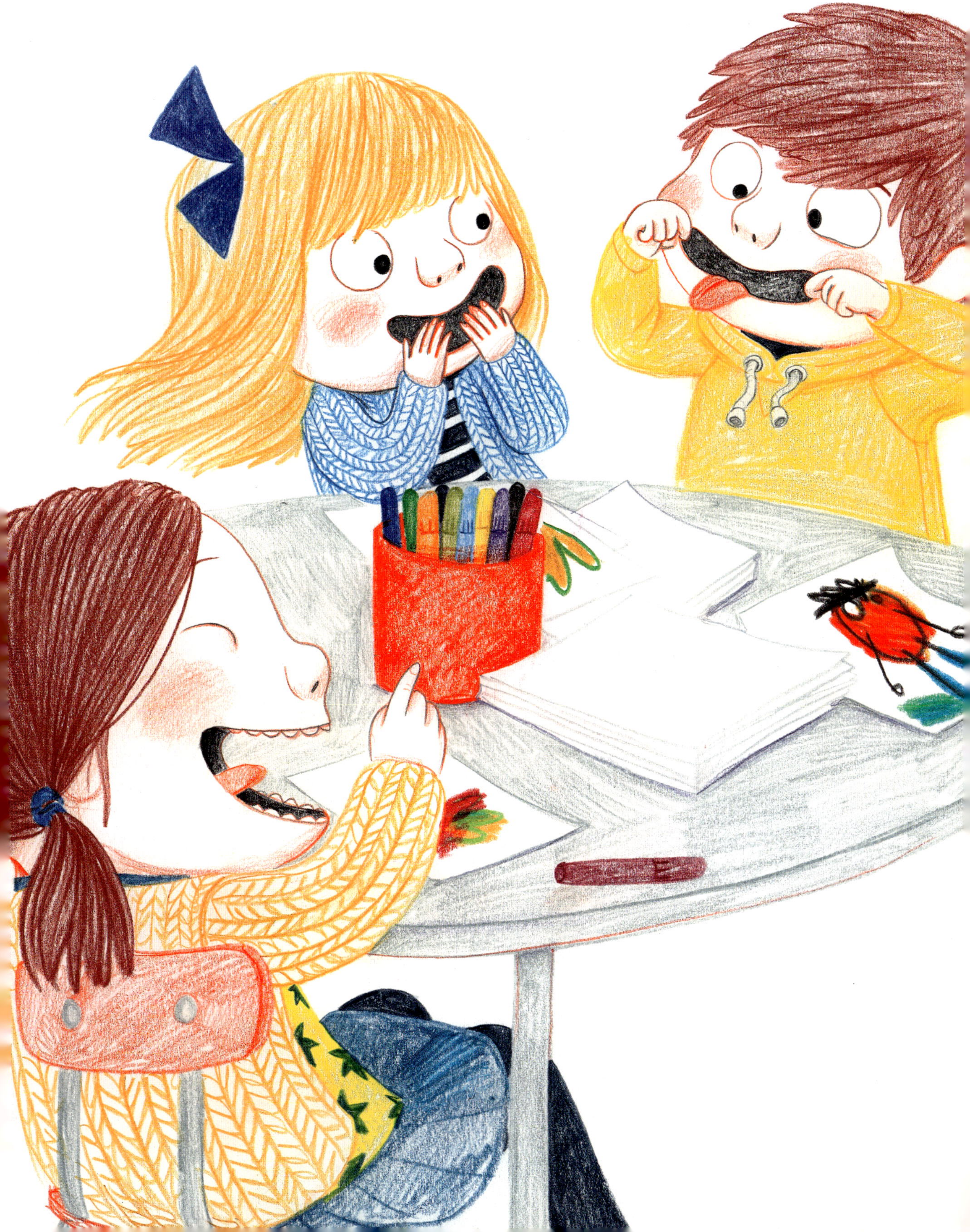

Ça a commencé en classe,
au moment des coloriages :

il est sorti d'un seul coup
en faisant « **Pouce !** »

et il a attrapé le feutre violet
pour se mettre à dessiner.

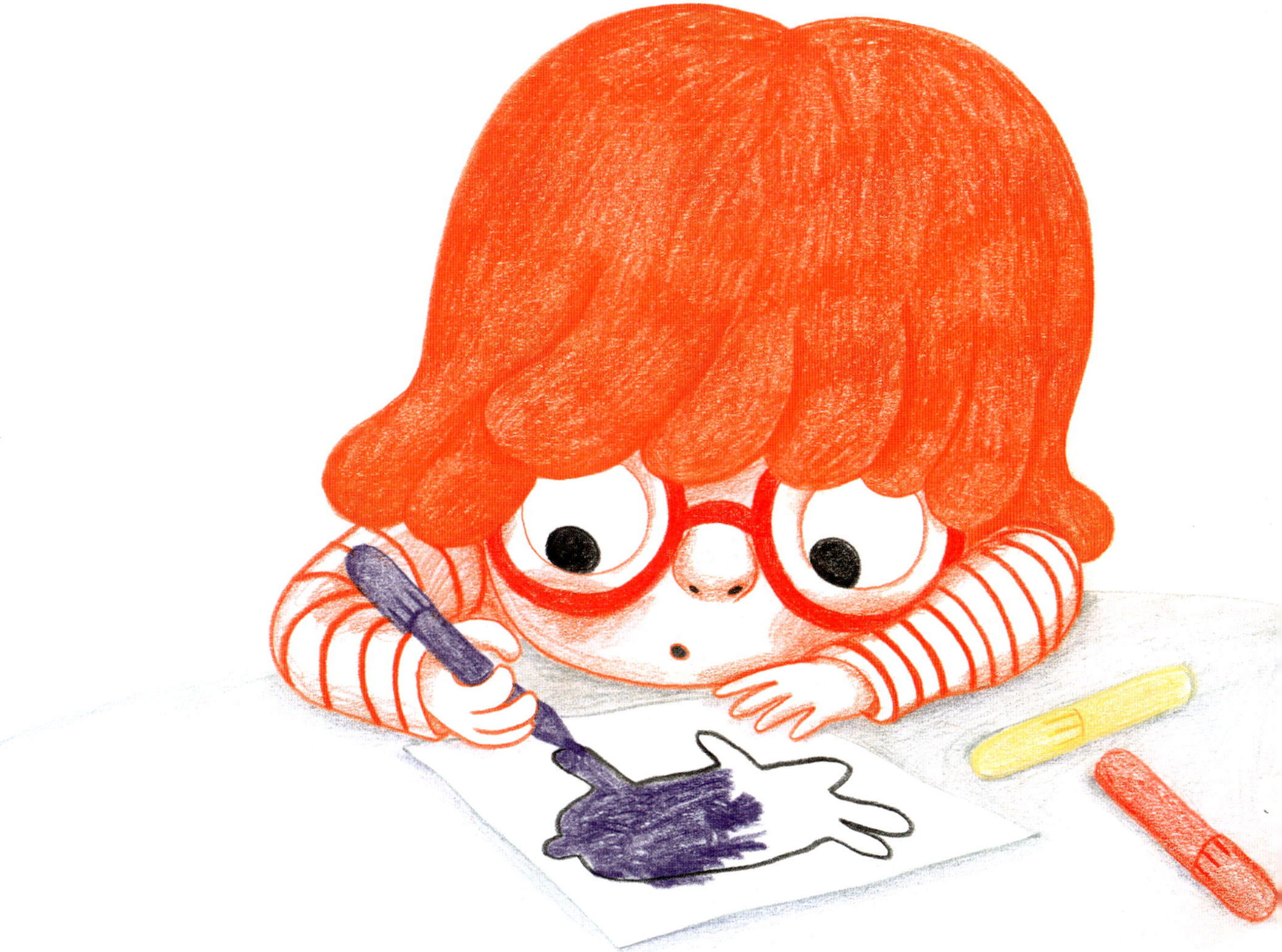

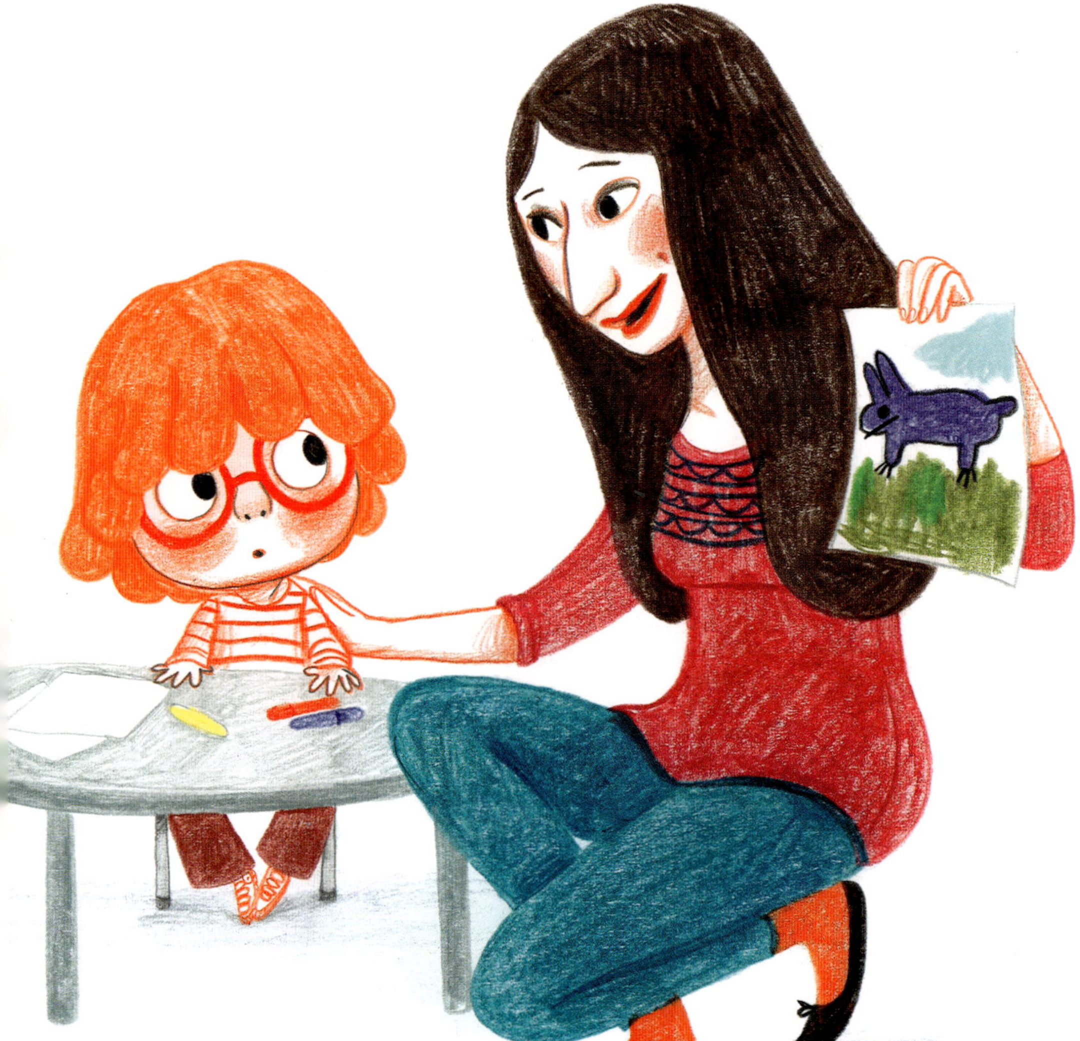

Je lui ai dit :
– **Pouce**, tu es trop petit !
Retourne vite dans ton lit !

Mais il n'a rien voulu savoir.
Il a fini le coloriage...

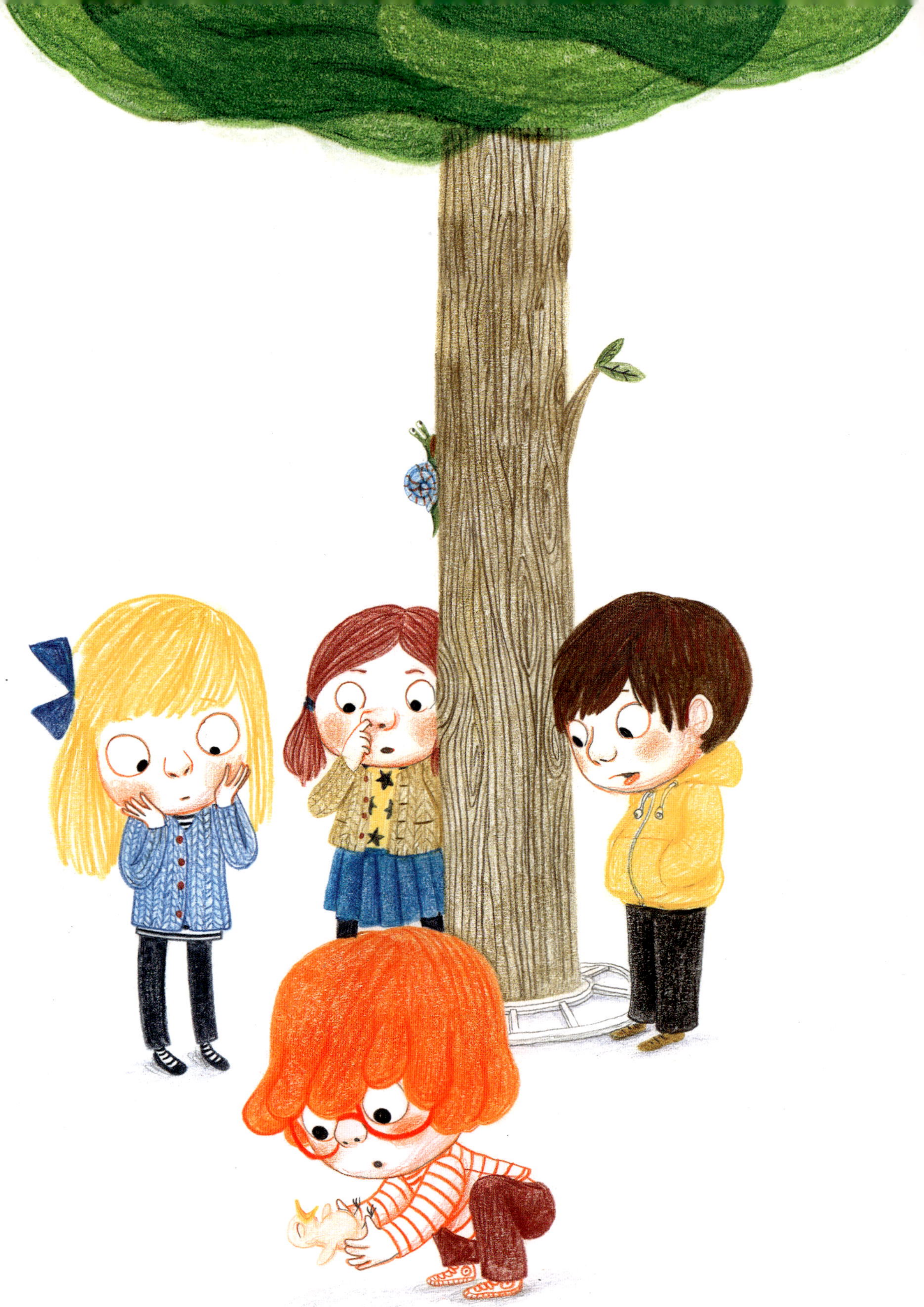

Ça a continué à la récré,
un oisillon était tombé :

il est sorti d'un seul coup
en faisant « **Pouce !** »

et il a ramassé la pauvre bête
pour la porter à la maîtresse.

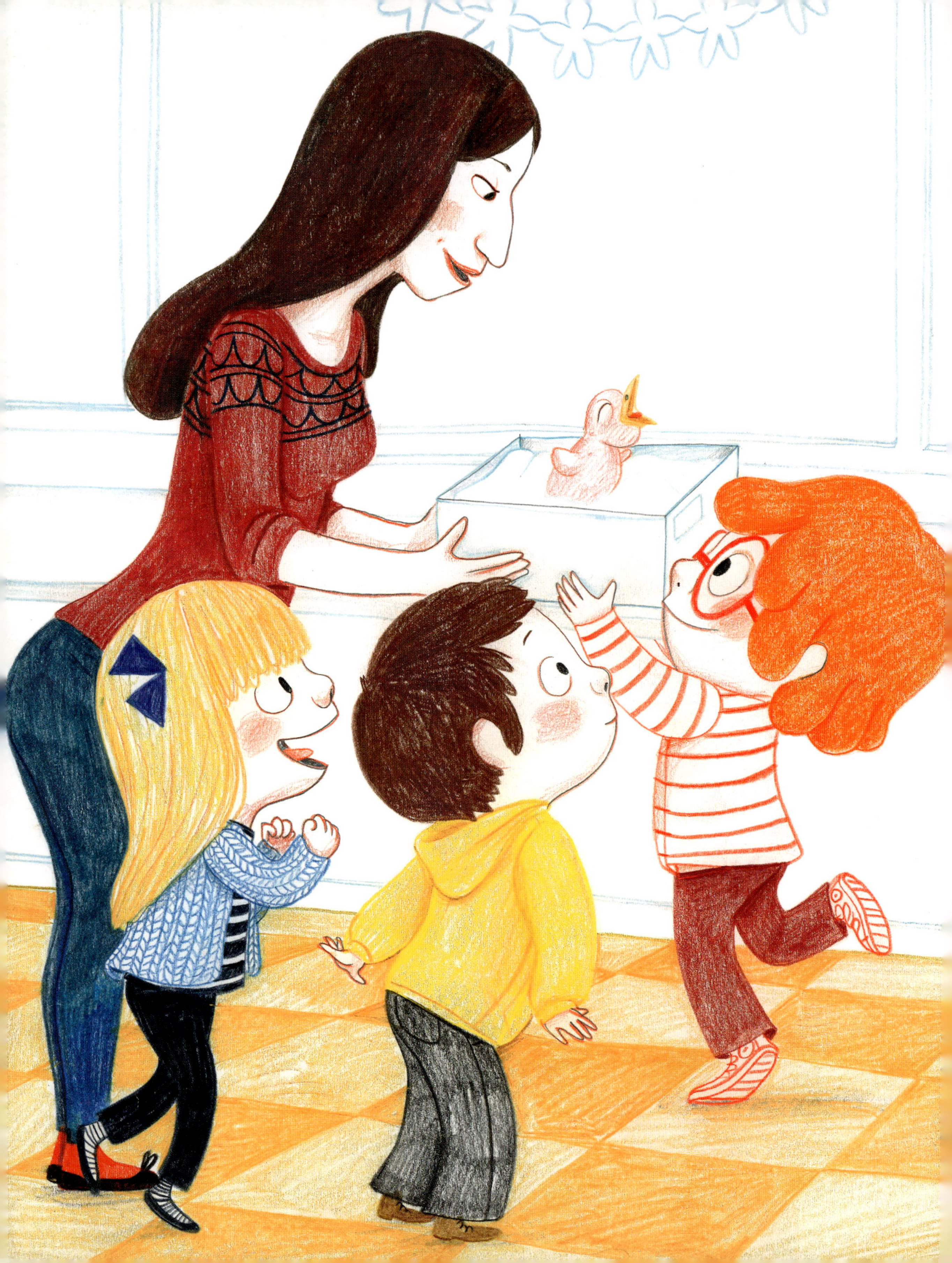

Je lui ai dit :
– **Pouce**, tu es trop petit !
Retourne vite dans ton lit !

Mais il n'a rien voulu savoir.
Il a ramené l'oiseau en classe…

Mais le pire fut à midi,
quand on s'est rangés pour la cantine :

il est sorti d'un seul coup
en faisant « **Pouce !** »

et hop, il s'est glissé sans façon,
dans la main de la jolie Manon.

J'étais drôlement gêné !
Mais un peu fier aussi...
Alors je l'ai laissé.

Je crois que mon **pouce** grandit.

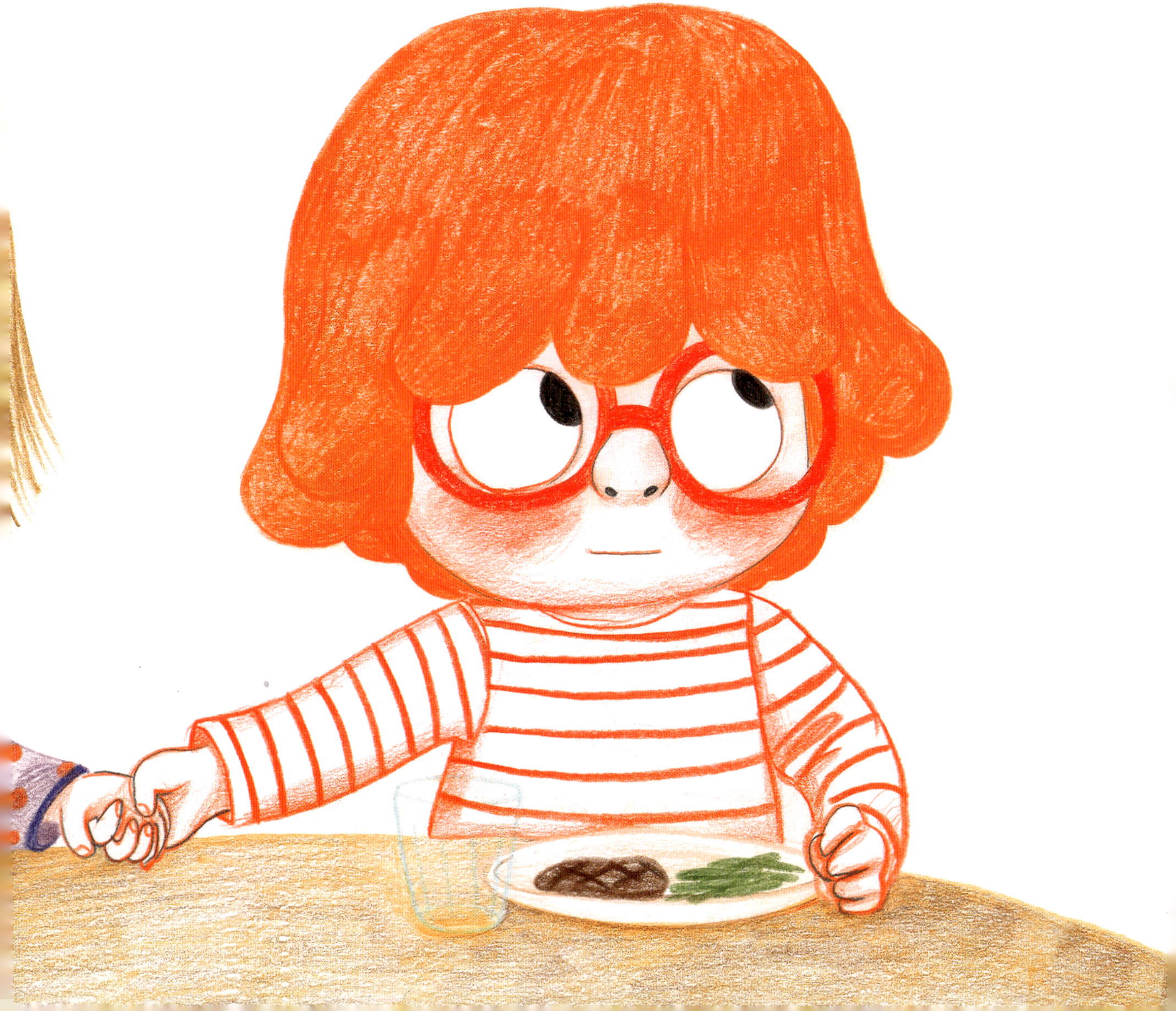

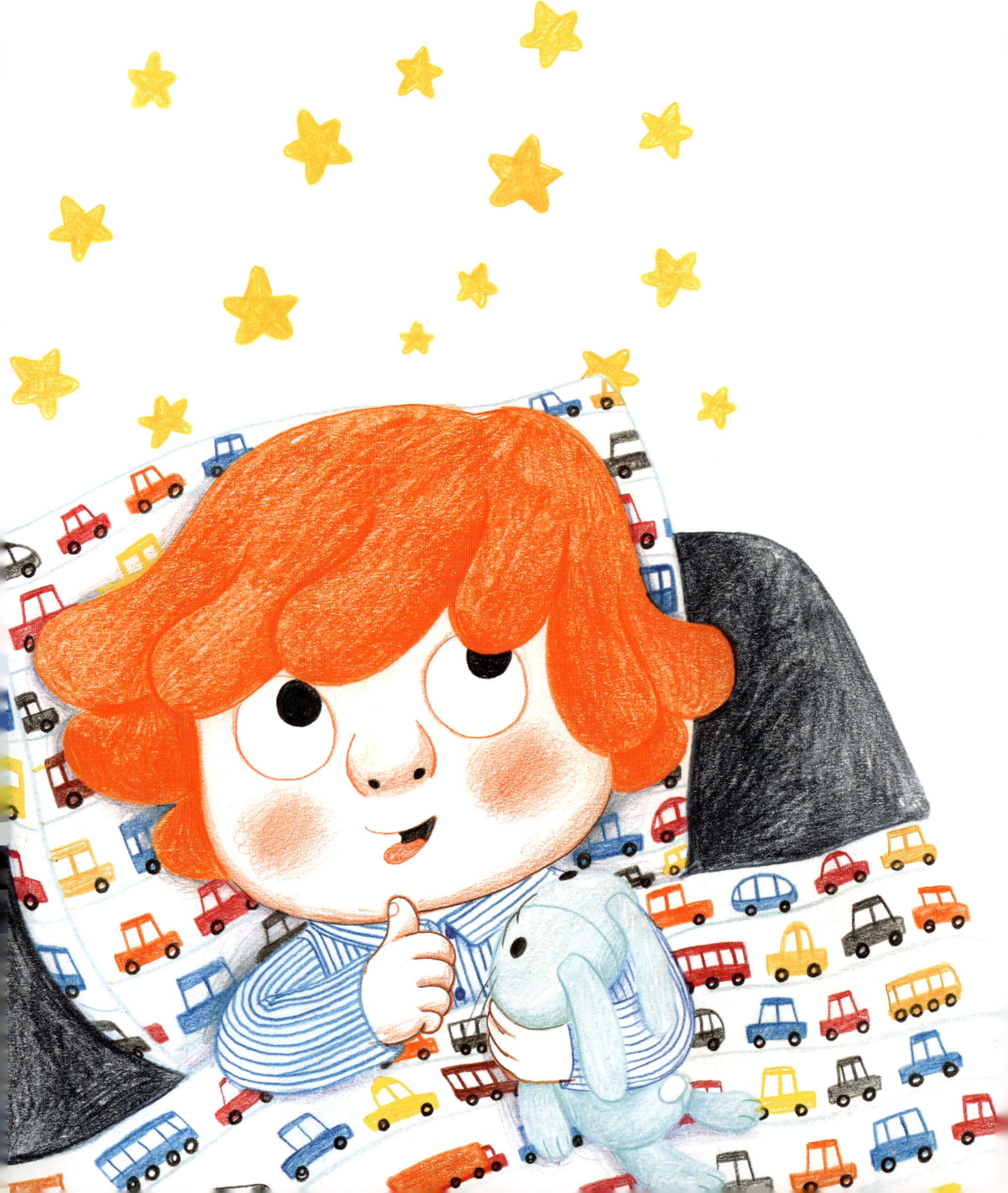

Sur l'oreiller, ce soir,
il me raconte plein d'histoires
sur ce qu'il fera plus tard :

jouer très bien de la guitare,
dompter un tigre du Bengal,
apprendre à manier le sabre,
grimper tout en haut d'un arbre,
fabriquer une vraie cabane,
conduire une navette spatiale,
jongler avec des étoiles...

Alors, à mon tour,
je lui dis « **Pouce !** »
et je le couche sous l'oreiller.

Car demain est une longue journée,
où l'on va tous les deux pousser, pousser...